KB196000

믿음의 유산

민음의 유산

조정애 시집

1판 1쇄 발행 | 2024. 11. 20

발행처 | **Human & Books**
발행인 | 하응백
출판등록 | 2002년 6월 5일 제2002-113호
서울특별시 종로구 삼일대로 457 1409호(경운동, 수운회관)
전화 | 02-6327-3535~7, 팩스 | 02-6327-5353
이메일 | hbooks@empas.com

ISBN 978-89-6078-781-0 03810

믿음의 유산

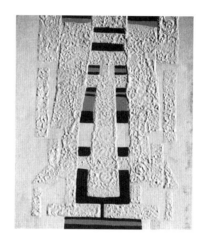

조
정
애

시
집

시를 보내며

태어나고
죽는 일 사이에
아픔은 얼마나 깊었나
고뇌는 얼마나 쌓였나
기쁨은 얼마만큼 잎을 물들이고
평화는 또 어디에서 붉게 타오르는가

우리가 지상에서 나누는
보이지 않는 사랑은
단풍이 되어 날리고
눈자락에 덮혀도
믿음의 유산이여
다시 이 땅에
새봄으로 부활하소서

차례

1부

2부

3부

4부

1부

가을, 에스프레소

'굿모닝' 하며 열리는 새날은
언제나 반갑고 눈물겨워라
커피 향이 감도는 커튼 달린 덧창에서
아침 햇살에 나뭇잎마다 문이 열리면
하트가 들어있는 가을의 향기가 가슴을 여네

아프리카 킬리만자로 커피나무의
풀빛 꿈을 생각하네
풀시티 프렌치 사이에서 로스팅한
AA가 아니라도 좋네
시고 달고 쓴 세월의 흔적이 그리움으로 휘돌아
한 잔의 커피 속에 녹아들고 있네

하얀 찻잔에
그 알싸한 신맛과 오묘한 과일맛 끝에
느껴보는 바디감으로 상쾌한 맛이 다가오다가
원두빛 아이들의 힘든 노동이 스미어
쌉싸래한 쓴맛이 입안에 다가오네

커피나무 열매를 따는 케냐여인들이
힘을 내라고 힘을 내라고
희망과 열정으로 부르는 사랑의 노래가
한잔의 에스프레소 향기속에 가득차오네.

마더랜드

텅 빈 자리
울다 깬 아이의 목울음 속으로
갈매기들이 늘 끼룩거렸다
엄마의 향기가 묻어있는
한 조각의 헝겊이
한 장의 빛바랜 사진이
뿌리를 지키며 살아났다

한국전쟁 이후 현재까지
약 25만 명에 달하는 우리 아이들을
해외 입양을 보낸 70년 만에
전 세계 15개국 아티스트가 되어
예술작품 80점으로
작품 전시를 위해 모국을 방문했다

본인의 의지와 관계없이
고국을 떠나 양부모에게 맡겨진
지울 수 없는 얼룩진 운명이
그리움이 되어 향불로 타올라도
한으로 새겨진 엄마의 나라를
보고 싶다면서 사랑한다면서
정체성을 확인하며 용서하는 슬픔들아

아이를 보냈을 엄마의 기도가
장독대 위 정한수를 눈물로 채웠거늘
보낸 자와 떠난 자의
그리움과 원망을
예술로 승화시켜준 아들딸들아
너와 나 조국의 형제들아
이제 손잡고 함께 가자.

은유를 벗기다

머리에 새똥을 맞고도
새를 그리워 하네
징검다리를 밟고 가듯
가슴을 밟고 가는 바람결에
황홀한 문장이 마구 날리네
미켈란젤로 조각품은
여인의 옷을 벗기고
달아오르는 욕망이
매혹적인 시로 태어나네
불꽃이 타오르고
너도 나도 검붉은 오디처럼
젊음을 되찾아 나설 시간
누군가는
꽃잎에서 시를 베끼고
열매의 풍요를 찾고 있네.

민들레 홀씨를 타고

구름에서 내려다보니
산도 바람처럼 가볍더라
세상을 향해 내려서니
산은 또다시 산이더라

그대는 버리지 못한
욕망의 족쇄에 채여
구름처럼 떠나고

고층 건물에 걸린 낮달처럼
이름 있는 이들은
삶을 즐기다.
먼지처럼 사라지고

무시로 찾아오는
내 존재의 가벼움이
민들레 홀씨처럼
아, 광활한 세상을 건너고 있다.

장미 진 자리

목을 감싼 채
삼일을 밤낮없이 잠을 잤다
마침내 침투한 바이러스가 떠나고
일주일을 지나 처음으로 걸었다

그 많던 국화가 보이지 않았다
나무도 저마다 독감에 걸려
콜록거리다 낙엽 되어 날리고
공터에는 빈 가지를 드러낸 나무들

벤치 아래 쑥대밭 가시풀 사이로
아, 네잎크로바를 찾았다
희망이 흙속에 숨겨져 있다
맑은 새들도 겨울을 알고 있지

작은 새들은 풀씨 밭으로 몰려와
이른 저녁 식사 중이다
후각과 미각이 돌아오면
나도 먹는 맛을 누리리라

고개를 드니 사철나무가 따뜻하다
황홀했던 가시나무 아래
장미가 진 자리에는
햇살을 받아 온통 냉이 밭이다.

바닷가의 그 집

저토록 낡은 옛집은
바다처럼 나를 기다리는데
아직도 돌아갈 수 없구나
내 아픈 상처가 멍든 바다여서
차마 웃으며 돌아갈 수 없구나

– 어머니, 자주 내려가세요
– 집도 둘러보고 바닷 바람도 쐬세요
– 그래 알았다

트럼펫 소리에 저물어간
신비로운 밤은 간데없고
별을 헤던 소녀들도 간 곳 없는
롯데백화점 광복점 건너편에
나의 집이 있다

푸른 부산 부둣가
아직도 귀에 들려오는 파도소리
무남독녀 고아로 남은 지금에도
영도다리 난간에 명멸하는 불빛처럼
목 메이게 하는 그 집이 그 바람이
내게는 너무 멀리 있구나.

안개, 추상

지상에 안개를 부려놓고
갓 피어나는 꽃에
빗방울을 뿌린다

우산이 되어주지 못하는
세상의 잎새 아래
고난의 그림자가 고개를 숙인다

하늘이 땅으로 내려앉자
화폭에는 자연과 인생을 뒤섞어
누가 그리는 붓질인지
천둥소리도 요란하다

창에 맺히는 너와 내가
물방울이 되어 흐르고
그 속에 갇힌 영롱한 그리움이
생의 추상화를 만든다.

꽃의 노래는 끝나지 않았다

벚꽃 아래 서면
못다 핀 꽃들이
천지에 하염없이 날린다

어찌 하나요
그대가 받은 축복을
그대가 받은 사랑을

꽃의 노래는 끝나지 않았는데
차디찬 바닷물 속으로 수장된
세월호, 그 수많은 아이들 애절한 목소리가
가슴속에 남아 있는데

또다시 이태원 골목길에서
차가운 시멘트 바닥에 쓰러진 채
울부짖는 비명소리가
검은 리본 속 흰 국화꽃에 묻히다니

두고 온 꿈도 사랑도
꽃잎에 새겨진 채 흩날리는 날
어이할거나 저 통곡의 소리여
억울하게 무참히 져버린 생명이여

바람 부는 강변길

떨어진 꽃잎 자리에

아, 초춘호初春號 침몰 사고로 숨진 내 아버지

70년 역사에 숨겨버린 참절비절慘絶悲絶한 사연이

네 살배기 눈물에 살아나

꽃의 노래는 아직

꽃의 노래는 끝나지 않고 있다.

몽당 꿈

올해도 과꽃이 피었습니다. 동요를 따라 부르는 공부방 아이들
신문지를 깔고 엎드려 화단 앞에서 그림을 그리던 그 모습이
그리워 질 때면 손 때 묻은 몽당연필 자루를 꺼내어 본다.
파랑색 분홍색 노랑색 초록색 보라색 하늘색 고만 고만한 키도
조금씩 틀려서 연필처럼 키 재기를 하던 시절아 평창동 빌라로
이사 가서 냇물이 맑은 여름날이면 들통 바가지 집게 챙겨주고
텃밭 옆 시냇가로 내려가 다슬기도 잡고 돌다리도 만들었지
자연 속에서 많이 보고 느끼고 흐르는 시냇물처럼 써야한다고
너희들과 부른 동요가 내게 보물이 되었다. 대통령이 꿈이라던
어린 소년은 멀리 이사 가면서 선생님과 헤어지기 싫다고 울었지.
세월이 흐르고 다 쓰고 버린 그 많은 어린 몽당 꿈들이 맑고 고운
동화처럼 사라지지 않는 희망처럼 아직도 내 곁에 남아있단다.

설국을 기다리며

울타리 가시덤불처럼
나도 잿빛 세상과 고립되어 있다
해가 중천에 뜰 때까지
책 위에 쌓인 먼지를 털어내고
그릇을 씻고 창을 닦는다

시간은 천천히 흘러가고
지루한 밤을 건너온 햇살이
은행나무 빈 가지에 비낀다

마굿간에서 태어나 구유에 누운
큰 별을 따라 동방박사가 떠났는데
아직도 낮은 자를 비웃는
그대 배반이 이 도시를 덮고 있다

펄펄 쏟아져 어두운 세상을 덮으며
천년의 약속처럼 눈이 내려쌓이면
그 빛난 사랑을 만나기 위해
눈길을 따라 한없이 걸어보리라

새가 되고 싶다

밉다는 생각과
싫다는 생각으로 가득 찬 날
칠월장마가 시작되는 창가에
은방울 구르는 새소리 들린다

새소리에도 녹아 있을
새들의 절망도
우리에겐 노래가 되고 시가 된다

침묵을 사로잡는 선율
새 길을 내는 빛의 소리
하늘을 닦아내는 안개 속에서
나도 새가 되고 싶다.

민석씨의 카페

책에게 자유를 주노라
세워놓은 형벌을 끝내고
다리 뻗고 누운 책의 휴식처

과거를 버리지 않고
책은 영혼의 뿌리가 되었다
이렇게 살아서
함께 동거할 수 있다니

책을 쌓아 삼면에 두르고
앞치마를 걸치고
원두를 내리며
바리스타가 될 수 있다니

책을 펼치지 않아도 좋은
제목만 보아도 좋은
손 때 묻은 인연을 놓지 않는
이곳 체부동의 '민석씨의 카페'

커피를 마시는 사람들이
경복궁을 오가는 거리를 보다가
고개를 꺾고 책의 제목을 읽어보며
사색을 하는 안락한 쉼터

봄의 교향악

봄꽃들이 피고
초목들이 강산을 꾸미는
자연의 순리는 무너지지 않는데
사람아, 분단 조국을 무엇으로 이어 가려느냐
시대가 바뀌어도 변하지 않는 조국의 산하에
강물과 초목들은 모두 잘 있느냐
역사가 변해도 변하지 않는
단일민족의 핏줄이여
동해물과 백두산이 마르고 닳도록
하느님이 보우하사 우리나라 만세
꽃들 너머로 초록 너머로
우리의 뼈저린 아픔이 남아있다

임시정부 독립투사들의 투쟁으로
일제 36년의 억압에서 벗어나
1945년 8월 15일 해방된 조국
만세만세 거리마다
태극기와 기쁨의 눈물로 넘쳐났네
미군과 쏘련군의 주둔으로
1950년 다시 6·25 전쟁으로
무너진 이 땅에 휴전선이 그어졌다

십사만이 넘는 이산가족들의 통곡소리는
아직도 귓가에 멤도는데
어머니를 부르다 아들을 부르다 떠난
그 세월이 70년이 넘었다

통일의 마중물이 흐르는 임진강
실향민이 그리움을 달래는 통일전망대에서
손에 잡힐 듯 가까운 북녘의 마을이 보이는데
무엇이 우리를 갈라놓았나
이념과 사상이 아니다
원수를 겨루는 무기가 아니다
저녁 밥 짓는 연기 피어오르는 고향 사람아
저 벌 나비 뭇 새들의 자유의 의지를 보라
오가고 나누고 사랑하는
한민족의 문화예술로 이어가며
손 내밀면 잡아주고 어려움에 서로 돕는
형제자매가 아니고 무엇이란 말인가

삼국시대 고려시대 조선시대
이 나라의 역사를 되돌아보며
이 나라를 세운 단군의 웅지로

흰옷 입은 조상들이 넘겨준 동방예의지국
이제는 무너진 통일의 지혜를 다시 쌓고
휴전선이 열리는 날에 통일로 자유로를 지나
남북열차가 달려가서 서로 만날 고향
남북화해의 꽃이 피거라
우리의 선조들이 이어준 이 땅에
감동과 감화로 마음을 열고
온전히 봄의 교향악이 울려 퍼지고
통일의 열매 맺는 날이 오기를
바라고 원하고 기도하노라

갈대의 말

비바람에 흔들리며
참았던 목울음이
몇 번이나 복받쳤는지 나는 안다

아픈 상흔의 그림자가 지나가고
초록이 되었다가 갈잎이 되었다가

산다는 것은
그대 무성한 숲을 지나
갈대의 노래를 부르며
그냥 그렇게 흘러가는 것이다.

젤소바

오래된 느티나무 우거진
평창동 마을 초입은
내 마음의 고향
자하문 밖에서 이리저리 이사 다니며
날마다 걸어 다닌 열두 해
키 큰 나무 아래로
열두 명의 제자가 앉아도 좋다
바삐 걷는 사람들에게
길 건너 빵가게는 구수한 향을 날리고
꽃가게는 싱그러운 미소를 날리네
우체국 너머 탕춘대터 지나
출근길 차량들 사이에
너럭바위 시냇물은 제 갈 길로 흐르고
세검정 초등학교로 서울예고로
제 갈 길을 가는 발걸음이 싱그러워라
나는 시냇가 작은 텃밭을 오가는
시유지 도시농부라
걷다가 옛 그림자 향수에 젖어
오래된 마을의 느티나무 아래에서
잠시 발걸음이 머무네
북한산 평창동 인적 드문 둘레길은

주인도 넋도 모두 떠나버린
영인문학관도 김흥수미술관도 가는 길
시냇가 텃밭 혜솔 쉼터에 앉으면
북한산 산자락이 눈부신 아침을 여네.

2부

일필휘지一筆揮之로

어쩌다 인사동에 가는 날에는
길가에 나와서 반기는
버드나무들을 먼저 만나지
그곳 인사동 쌈지길에 들어서고
다시 네오름길에 올라
하늘 아래 쉼터에 앉아 북악산을 바라보면
은행나무길과 회화나무길
그 어느 쪽에서 날아왔는지
참새 한 마리가 내 곁에 무심히 앉아있구나

만나면 반기던 인사동 사람들이
무엇이 바빠 이승을 먼저 떠나갔는지
참새야, 너도 알 길이 없겠지만
이제는 청사초롱도 막사발도
달빛에 부서지던 문화 숨결도 차츰 사라졌다
각종 전시장을 둘러보고 돌아가는 길에
인사동 거리를 화선지 삼고
일필휘지一筆揮之로 원형의 획을 긋는
7미터의 거대한 전통 붓의 조형물이
북인사 마당에 역사의 빗장을 지키고 섰다.

일출

겨울 내내 앓았다
생명이 새옷을 입힐 새봄이다
시간이 살아나는 정의로운 새봄이다
낡은 카드는 시효가 끝났다
하늘 시계바늘이 나를 위해 돌 때
보라, 땅 위에서 놀라운 힘이 솟는다
어둡고 목 메인 가슴을 뚫고
꽃씨 하나가 작은 새잎을 내민다
비로소 열리는 가장 가벼운 자유다
세상은 온통 눈부신 새봄이다
내 심장으로 놀라운 해가 솟는다.

흑백사진

일본집 다다미방은
언제나 풀냄새가 났다
커다란 유리창에는
성탄절 카드로 성에가 끼고
푸른 창으로 쏟아지는 햇살 아래
군부대의 나팔 소리가 들렸다
바다로 떠난 아버지는
보름달 속에서
영영 돌아오지 못하고
영하의 바닷바람에
손발이 쩍쩍 갈라졌다
사과 궤짝에 켜놓은 촛불이
몇 개 닳을 때까지
군용담요를 두르고 공부를 했다
미래의 불안 속에서
영양실조로 쓰러지면서도
일등을 지켜낸 나에게는
유리구슬처럼 푸른 바다와
눈부신 태양과 거센 파도와
갈매기들이 늘 함께 있었다

서글픈 나이테

마음 속에
오래된 옛집이 있어
오래된 나무가 있어
그곳에서 해가 솟는다

솔바람이 불고
구름이 흘러들어
한 마리 새가 날고
한 송이 꽃이 피어도
언제나 보이지 않는 깊은 숲이어라

새해를 맞는 날에
아버지라는 말에 어김없이 흔들린다
육신의 아버지를
천상을 향해 추도하는 날에는
그리운 아버지 생각에
늘 마음이 착 가라앉았다

달려도 보이지 않은 길을 달리면서
나를 칭칭 휘감는 그 길에서
나는 길을 잃고 헤맸다

해마다 마음속에는
흉터처럼 나이테가 늘어갔다

고백

지상에 꽃 피우는 것은
인자를 만나기 위함이다
누구나 볼 수 없는 침묵 속
미지의 세계

허공에 손을 내밀고
간절히 외치는 소리에
그대 한번쯤 귀를 기울여
버팀목이 되어보았나

자연 속에서
사랑이 끈질기게 뻗어나가며
수많은 꽃을 피우는 것은
인자를 만나기 위함이다

만유를 다스리는
거룩한 눈빛을 보려고
찬연히 피어오르는 그대도
하늘에 고백하는 사랑이다

장안평을 가다

자동차의 바퀴만 눈에 들어왔다.
1세대 베르나, 1999년
오래된 타이어가 닳아서
위험수준이다.
못에 찔려 두 번의 펑크를 떼웠다

8월 초 종합검사 기간이 다가오자
일요일 오후 낯선 장안평으로 가서
중고타이어 모델을 찾았다
185/65R 13의 타이어와
대체타이어를 모두 갈아끼웠다

안정감을 되찾은 베르나는
흥인지문과 청와대 앞을 지났다
멀리 먹구름이 짙더니
잔뜩 흐린 하늘은 폭염 속에서
마른 벼락을 친다

천둥소리에 비가 쏟아진다
비야 쏟아져라! 쏟아져라 !
베르나는 변함없이 노래하고
와이퍼는 신이 나서 춤을 춘다

도산공원 앞의 그 카페

대형 유리창에 쏟아져 내리던
함박눈이 축복이었다
'멈'이라는 이름의 카페에서
밀러 한 병씩 앞에 놓고
우리는 마주 앉아있었다

내가 풀어낸 시와
그가 써 내려온 소설이
하얀 눈에 덮히고
그 곳 '줌'카페에서
서로 이야기를 나누었다

자나간 억울함과 분노와 허무가
깨끗이 씻겨내려 가기까지
함박눈은 해마다 펑펑 내려주었다
오랜 세월이 지나도록
멈과 줌은
우리의 예명으로 다시 태어났다

꽃과 빛, 도연이

누구의 사랑을 향해
고운 빛깔로
물이 드는 것이냐

누구를 위해
깊고 그윽한 향기로
피어나는 것이냐

구름에 닿지 않고
바람이 머물지 않으나
빛은 언제나 네게 머무리

꽃으로 태어난 도연아
너를 보낸 그 사랑이
얼마나 큰지
맑고 투명한 네 눈빛 보면 알지

고난 속에서 노래하며
십자가를 지고 함께 가는 세상
언제나 순진무구한 네 앞에서
하나님을 만난다

부치지 못한 편지

숲이였을 포장박스를
차마 버릴 수 없네
그 하얀 마음을 펼치고
그대의 편지에
부치지 못한 답장을 쓰고 싶네

세월은 흘러도
이 성탄절에
나는 정녕 침묵할 수 없네
그대의 사랑에
별 하나 매달고 싶네

밖에는
하얀 눈송이가 날리고
숲은 동화의 나라
그곳에서 노루 사슴이 되어
한없이 뛰놀고 싶네

내 기억의 원류

마음이 울적한 날에는
탄천 길을 걷네
머나먼 길이 나를 위해 열려있고
남쪽 고향 갯가에서 불어온 바람소리가
귓가에 와 닿으면
내 음악은 가벼운 날개를 다네

생이 너무 멀리 와서 쓸쓸한 날에는
AI도 챗봇도 알지 못하는
내 기억의 원류源流를 찾아
나는 한없이 걷네
날이 저물도록 노는 물오리 떼와
버드나무 숲 사이로
내 영혼이 맑게 깨어나네

누구의 웃음소리인가
밤하늘 까만 앨범을 들추면
거기, 잊었던 정다운 얼굴들
돌아가는 길이 아득할수록
내 발자욱은 하얗게 시를 쓰고
깊어가는 밤의 적막寂寞속에서
달맞이꽃이 애타게 그려지네

눈물이 별빛으로 돋아
목청껏 부르고 싶은 이름들
산등 너머로 내 어머니의 달은
무남독녀를 지키고 있네
그리운 이들을 만나고
꽃등 켜고 돌아가는 길은
한없는 축복이라네.

믿음의 유산

시는 고행이고 고난일지라도
인류평화의 길잡이라

시의 끝자리에 있는
순결한 종교는
지치고 힘든 만물의 뿌리에서
다시 깨끗하게 태어나지

사랑을 위해
가시로 길을 내는
저 붉은 장미 한 송이처럼
시는 영원한 구원의 빛이어라

육신에서 영혼으로
손 닿지 않는 세상 어둠속까지
시는 샘솟는 기쁨이고
기도며 감사이어라.

큰 소리로 불러봐

늦은 밤
자박자박 모퉁이를 돌아
두벅두벅 나무계단을 올라

똑똑
"누구십니까"
"제올시다"

어린 남매가
미닫이문을 활짝 열면
와락 반기는 아버지의
검은 외투 속
품에 안겨드는 아이

과자 봉투를 껴안고
춤을 추던 아이

아, 오지 않는 아버지를
기다린 지 몇 해인가
흰머리 되어 고개를 들면

거기에 아직 젊은 아버지가 있고
아이는 더 자라지 않았다
억울하게 돌아가신 아버지를
때로는 큰 소리로 불러 보고 싶은 밤이다.

부레옥잠

적막 속에
한낮 새소리 바람소리에
귀 기우리는 물확에서

심호흡을 하며
물 위에 떠오른
부레옥잠의 봉긋한 가슴이
두 손을 든다

날마다 순간마다
간절히 바라는 중보기도가
하늘에 가 닿는 순간

예배당 마당에 핀
연보라 꽃잎마다
승리를 알리는
노란 불길이 새겨졌다.

수덕사

하늘에 가까운
외딴 섬인가
목탁소리로 지워버린 세상이
하늘 속으로 녹아들어서
꽃은 피어도 웃지 않네

해 지는 서산에서
찬바람이 불어올 때
장삼에 감춰진 운명은
여승의 눈빛 같은 그리움이거늘

엎드려 비오니
당신의 거룩한 손길이여
산사에도 하늘 문을 여시고
노을빛 기쁨을
큰 영혼의 소리를
날마다 듣게 하소서.

그녀들의 꿈은 어디로 갔을까

꽃의 허무는
꽃다운 젊은 고뇌는
바람이 산머리를 휘몰아쳐도
소망은 하늘에 닿지 못했다

마음이 샘물처럼 어두워서
발걸음이 범종처럼 무거워서
잿빛 옷에 영육을 가리웠다

수덕사의 향불 따라
그녀들의 꿈은 어디로 갔는가
이름을 불러주지 못한
그대, 산사의 꽃이여

3부

사상누각 沙上樓閣

기름진 하구 갯벌이었다
아, 아름다운 변산반도 끝 갯벌의 고향
칠산바다 물고기들이 산란하러 모여들고
질 좋은 백합과 바지락이 지천이었다

멀리 남반구 뉴질랜드에서 북반구 툰드라까지
약 3만Km를 오가는 도요물떼새
많은 이동 철새의 휴게소였다
방조제가 막히기 전
그곳은 생태계의 보고였다.

한국에서 개최한 세계 청소년 대회인
제25회 새만금 세계스카우트 잼버리 대회는
하룻만에 지구촌의 참가자들이
폭염으로 쓰러지고
모기가 들끓고 해충이 창궐했고
벌레에 물려 병원으로 달려갔다
바닷모래와 펄을 퍼 올려
갯벌 위에 논을 만든 잼버리 부지에는
비가 내리면 진창이 되고 웅덩이가 생겼다
물 빠짐과 자연 배수가 되지 않았다

폭염과 더러운 화장실, 곰팡이 핀 음식 등
대 혼돈의 잼버리가 시작되었다

잼버리를 불과 3년 반 남겨둔 시점에
새만금 사업 매립 속도전을 위해
전북 해창 갯벌을 잼버리 개최 장소로 이용한 결과다
잼버리 부지 매립 면적을 배 이상으로 늘여
예산도 늘고 공사 기간도 길어졌다

육지 숲보다 탄소 흡수력이 50배 이상 빠른
블루 카본 갯벌이 사라졌다.
무리한 개발로 자연을 파괴한 대가는
부메랑이 되어 인간에게 돌아왔다.

오계절

약국 옆에 부동산
부동산 옆에 식당
식당 옆에 커피숍
커피숍 옆에 옷가게
손에 손을 잡고 이어지는
거리거리의 수많은 간판을
빠르게 읽으며 버스가 간다
언제나 그 자리에 머문 상점 안에는
해가 지고 해가 뜨는지
계절이 오고 계절이 가는지
아침에 문을 열고
밤늦게 서터 문을 내리고
지폐를 세는 자와
창백한 꿈을 품은 자들이
톱니바퀴를 돌리고 있다.

어처구니 없다

에어컨도 마냥 돌아가고
최첨단의 문명을 자랑하는 대한민국
LH주택공사가 내어준 도급업체들이
철골을 빼고 짓는 순살 아파트 뉴스라니
지글지글 끓는 열대화 지구 위에
부정부패는 아직도 껄껄 웃으며
제멋대로 나뒹굴고 있다

철골을 뽑았으니
너희 지은 죄가 부끄럽지 않느냐
무너져 내린 삼풍아파트를 잊었느냐
저 천둥소리는
악행을 골라내리니
권력의 부정부패는
반드시 불태워지리라

부추꽃에서 큰 희망을

가을걷이를 하느라
텃밭화분을 거두고
부추를 수확하다가
꽃대 위에 달린 봉오리를 보았다.
당근과 양파를 채 썰어 부추무침을 하는 동안
부추꽃대를 물병에 꽂아두었다

세상을 떠난 최희준의
하숙생을 들으며 커피를 마실 때
작은 봉오리들이 꽃잎을 마구 터뜨려
맑고 하얀 부추꽃 무리가
환희롭게 피었다

사랑일랑 눈부신 것
정일랑 행복한 것
인생은 아름다운 것이라고
부추꽃 무리가 활짝 피어나
우리의 식탁에서 노래하고 있다.

시와 나무들

자문 밖, 평창동 개울가에
8년 가꾸던 텃밭이
계획 변경으로 다시 살아났다

시유지 주차장자리에
서울시립 문화미술복합센터가 지어지고
하천 공사도 계속 된다면

아, 내 쉼터 의자에 앉아
물소리 새소리를 들으며
북한산을 바라볼 수 있을까

느티나무 포도나무 참나무
박달나무 사철나무 향나무
시를 읽던 마을 이웃이여

한 해를 경작하고
걷고 사색하고 시를 쓰며
호미와 더불어 숲바람을 맞던
가난한 시인도
떠도는 구름도
뿌리내릴 주소가 없다.

나 없는 사이

2017년 평창 한중일 시인축제를
삼일간 마치고 돌아온 날
종로구 평창동 시냇가 텃밭
몰라보게 자란 무우 배추들
해도 구름도 바람도
새소리도 물소리도
텃밭을 지키고
잎사귀를 먹고 있는 달팽이도
물을 주기위해 이웃 참나무도
벌 나비처럼 다녀가셨다.

겨울 강은 꿈이 시리다

강을 보면 안다
강물은 제 것을 돌려달라고
숨죽이고 울고 있다

땅 속 굴이나 나무 덤불 사이에서
다람쥐 토끼들은
올망졸망 따스한 눈망울로
보금자리를 만들고 있는데

맑은 꿈을 빼앗고
슬피 울게 했을
신도시 아파트 그 횡포

땅속에 묻은 항아리와
그 아랫목에 잠든 노인들의 꿈이
송두리째 빼앗겨버린
그 겨울 강은 꿈이 시리다.

폐선

사람에게 여러 이름이 있다
형 선생님 선배 회장 대표 책임자
오빠 남편 아버지
조국을 위한 일이라면
헌신하고 봉사하며 큰 꿈을 키웠다는 이야기
오래된 갈매기 떼의 쉼터 폐선에는
살아있는 영혼이 보인다

어느 날 내게 온 두 마리의 거북이는
나의 목소리 음의 주파수와
나의 꿈과 사랑까지 잊지 않았다
"큰북" "작은북"
이천년 여름에 방생을 한 후
그들은 부르면 고개를 내밀었다
수 년 동안 한강에 우리들의 설화를 남겼다

바다는 다시 푸르고
하늘이 투명하게 빛날 때
누군가의 자손은
거북이처럼 바다를 유영하던
그의 조상을 기억하고

오대양의 망망대해茫茫大海를
달려가는 꿈을 꾸리라

지구 바다 꿈

후쿠시마 핵오염 방류 7일째

물고기를 먹는 갈매기 떼들은 더 높은 하늘을 날 수 있을까
바닷 속 고속도로를 통해 태평양을 달려갈 거북이들은
무사히 궁전에 안착할까
모든 강물은 바다를 정화시킬까
모래톱을 맨발로 걸을 수 있을까
강을 거슬러 올라오는 연어 떼는 무사히 알을 낳고 죽을 수 있
을까

해안가로 밀려오는 죽은 물고기 떼들은 어디로 가는가
방사능에 오염된 자들의 소식을 감추는 일은 언제까지 할 수 있
을까
소금이 들어간 식품을 믿고 구입할 수 있을까
별장을 가진 무인도의 소년은 육지로 돌아가고 있을까
바닷가 사람들은 어떤 대책을 원하는가

수증기로 만들어지는 비는 안전한가
이민을 떠나고 있는 일본은 핵방사능이 지하수로 오염되면
지구 상에서 사라질 것인가

지구에 닥치는 심각한 재앙을
정부는 왜 안전하다고 소리치며
30년 핵오염수 방류를 도와주는 것인가
미국과 손잡고 활개치는 그들은 누구인가
친일 자손이 항일독립 역사를 바꾸고 있다면
이 나라는 누구의 것인가
문화 예술의 심장이 정상 가동을 할 수 있을까

후쿠시마 핵오염수 방류로
해양 종말을 가져올 범죄가
별일이 아니라는 그대에게 묻는다.

2023. 8. 29. 국치일에

반전 反戰

모닥불 같은 젊음으로
가슴에서 구워낸 숯덩이가
활활 타오를 때
꿈의 깃발을 휘날리며
청년들이여 맨발로 춤을 추어라

달빛이 구름 속으로 숨어들고
지구의 고통과 한숨이
세상을 캄캄하게 덮어도
푸른 눈물같이 새어나오는
저 낙타의 별빛은 막을 수 없으리라

지금도 전쟁은 계속 되는데
청년들이여, 부디 살아있기를!
구름을 마구 헤집고 꺼낸 달을
장대에 매달아놓고
누군가 끝없이 노래를 부르고 있다.

나는 소리 죽이는 법을 안다

붉으락 푸르락
갑자기 쳐들어오는 폭탄 소리
간과 비장에서 응원군이 나오고
머리로 가는 혈관이 확장되기 전에

내 숨 가쁜 기도는 짧아
흔들린 뇌에 칩을 갈아 끼우고
꽃의 침묵으로
미소를 만들지

오장육부는
내 기도와 타협하고
모습을 다듬고
잠시 깊은 호흡을 하고

아무 일 아닌 것처럼
열손가락을 꼭꼭 주무르고
후회하며 미안하다는 그 말 듣지 못해도
그냥 따뜻한 밥 한 그릇 먹일 일이다.

지구의 독백 2023

해가 뜨는 옳은 아침

모든 농작물은 옳고

농부의 땀방울은 옳다

곳간이 옳고 한숨이 옳다

기후변화가 옳고

폭염이 옳고 홍수가 옳다

겨울이 옳고 파카 옷이 옳다

고층아파트가 옳다

코로나19가 옳고

TV 뉴스가 옳고

새로운 젊은 재벌이 옳다

돈을 매단 생일 케익이 옳고

유모차에 애완견을 태운 젊음이 옳다

도시의 모퉁이가 옳고

노인들의 나태가 옳다

정치가 옳으며 문학이 옳다

종일 누워있어도 옳고

밖을 쏘다녀도 옳다

오르는 빵값이 옳고

전란에 휩싸인 밀의 곡창지도 옳다

러시아가 옳고 중국이 옳고

우크라이나가 옳고

미국이 옳고 일본이 옳다

후쿠시마 방사능 오염수 방류가 옳고

삼중수소의 피폭 위험도 옳다

바람은 옳은 곳에서 불어오고

물억새는 옳게 흔들린다

경제성장이 옳고

폭등한 부동산이 옳고

폭락하는 부동산이 옳다

여당이 옳고 야당이 옳아서

법치국가가 옳다

기초수급자도 옳고

의료수급 중지도 옳다

이의신청 기각도 옳아서

배고픔이 옳고

빵 굽는 냄새가 옳다

달리는 자전거가 옳고

걷는 너의 뒷모습이 옳다

숲과 꽃과 별과 풀이 옳다

발달장애인이 옳고

치매가 옳고

공황장애가 옳다
홍대 앞 반전의 버스킹이 옳다
아프리카의 울부짖는 아이들이 옳고
여인들의 서글픈 주름이 옳다
탄도미사일이 옳고
보유국이 옳다
이스라엘이 옳고 하마스가 옳다
가자지구가 옳고
폭격당한 주민들의 통곡이 옳다
말없이 떠나는 죽음이 옳고
전쟁터에 절망과 희망이 옳다
마스크를 쓴 나도 옳고
마스크를 벗은 너도 옳다
출산 절벽이 옳고
노인요양병원이 옳다
AI가 옳고 챗봇이 옳은 세상에
불안과 공포가 옳다
천국과 지옥은 옳아서
문을 여는 아침은 여전히 옳다
오늘도 평화의 기도가 옳고
창문에 펄럭이는 커튼이 옳다.

난초

너는 조각처럼 꼼짝 않고
마음을 내려놓고 무엇을 꿈꾸는 것일까
포물선의 긴 잎과 녹색의 생동감은
어디로부터 오는 것일까
하늘은 눈부시게 쾌청하고
의자에 앉아 있기에 좋은 오후
움직이지 않는 정물 너머로
사건과 사실과 행동이
스쳐 지나는 시대의 의식 너머로
불확실성의 바람이 불어오고
나는 고요히 무의식의 원천을 더듬고
너는 믿음의 꽃 하나를
내게 피워 올린다.

그 빛은 어디서 올까
– 농아인의 노래

아름다운 음악도
사랑하는 이의 목소리도
듣지 못하지만
꽃이 해맑게 피어나듯
그대의 미소는
만민萬民을 꿈꾸게 하네

나뭇가지에 앉은 새소리도
시냇가 흐르는 물소리도
듣지 못하지만
푸른 하늘이 열리고
숲이 되는 사람아
빛이 되는 사람아

꽃은 지고
낙엽도 지고
하염없이 눈이 내리고
소리 없이 반짝이는 별 아래
활짝 웃음 짓는 순결한 눈동자는
세상에 평화와 안식을 노래하네.

빙하氷河, 그 소멸에 대하여

8월 22일 스위스 동북부 알프스 산맥
해발 2700미터 가파른 피졸산을 오른
검은색 옷과 검은 모자 검은 스카프의 사람들은
250여명의 어린이와 주민과 활동가였다

기후변화로 700년 된 빙하가
5년 전에 소멸한 것을 애도하는 그 자리에
목동들이 사용한 긴 알펜호른을 불었네
그 낮고 애절한 소리는 산을 넘고 바다를 건너
우리의 가슴으로 다가왔다

1994년 여름문학기행, 스위스 융프라우에 올라
진주알로 덮혀 있던 하얀 만년설을 만져보았지
사계절을 갖춘 그 아름다운 산봉우리 아래
통나무집과 풀꽃들이 아름다운 인터라켄의 향년을
나는 잊지 못하네

세계 곳곳에 빙하를 애도하는 장례식이 열리고
빙하 재고목록을 작성하고
이산화탄소 배출을 당장 멈춘다 해도
계속되는 기후변화와 지구 온난화로
수천수만 개의 빙하가 사라질 위기에 있다.

빙하氷河, 그 아름다운 얼음 장벽

빙하는 무엇을 하는가
높은 고도에 축척된 순수의 물을 품고
태양광을 반사하여 지구의 기후를 조절하고
해류를 순환시켜 생태자원을 제공하는

빙하는 녹아내리고 있네
강과 호수로 흘러 물의 순환에 기여하고
대규모 담수 자원으로 수자원으로 사용
높은 광학 밀도로 산사태를 방지하는

빙하가 사라지네
바다 수위는 상승하고 해안은 침식되고
기후온난화로 북극곰이나 야생동물의 생존이 위험에 처하고
세계적 강수량 변화로 농업 위기를 맞게 되는

초대형 폭풍을 막아주던 아름다운 얼음장벽이
그 대자연의 네트워크가 사라지고
불안과 공포의 지구온난화와 기후변화로
지구의 시스템이 무서운 경고를 내리고 있네.

4부

서오릉에서

깊고 푸른 솔숲을 걷는다
시대가 어지러울 때도
세상이 슬플 때도
역사가 살아 숨쉬는
조선왕릉의 뒤안길을 찾는다

스무 살도 못 되어
세상을 떠난 예종이 남기고 간
그 애통의 시간들도
창릉의 솔숲 사이로
눈부시게 푸르구나

경릉 숲을 걷다가
20세의 덕종과 67세의 소혜왕후
그대들의 숲을 걷다가
새처럼 앉아보네

정성왕후와 함께 하리라던
영조의 봉분은 비어있어도
나비들이 꽃을 찾아 날고 있는
홍릉은 아름답구나

천연두에 걸려 스무 살에 세상을 떠난
숙종의 인경왕후여
울울창창 솔숲 우거진 익릉에서
꽃 보다 고운 그대의 자태를 그려보누나

숙종과 인현왕후 능 서쪽에
인원왕후의 능이 있는 명릉에 서면
경종의 생모 장씨의 대빈묘가
1970년대 구리에서 옮겨
경릉 지나는 길 터에 앉혔으니
숙종의 역사가 아직도 숨가쁜가

대한제국 선포 후
추존 장조(사도세자)1899 생모 영빈 이씨의 묘가
1970년에 수경원에 조성되었다

조선의 역사를 지키며
힘찬 적송들이 대열하고 있는
고양 서오릉에 서면
솔숲은 언제나 푸르고
옷깃을 여미는 내 마음도
한없이 깊어가고 있다.

대가야大伽倻의 노래

명주실 열두 줄 가야금 속에는
천오백년을 가리고 가야가 산다
삼국사기에 숨고 역사에 갇혔어도
찬란한 오백년의 숨소리

가야산 계곡을 돌아 흐르는
휘모리 자진모리 중모리
구름 속에 달이 간다
꽃잎처럼 서러움도 흘러간다

쑥색치마 모시저고리
울 엄마의 한 맺힌 슬픔을
가야금 산조로 풀어보는 날

민초들의 괭이랑 호미에도
가야금 안고 있는 우륵의 가슴에도
금관 금귀걸이 지산리 고분에도
왕족들의 혼불로 되살아나는
가야여 대가야여

아득한 낙동강 푸른 꿈 이어온

내 뜨거운 핏줄에도
평화와 자유가 유유히 흐르고 있다.

엉겅퀴

옥색바지 분홍저고리에 푸른 마고자
완자문 보라빛 두루마기에 하얀 동정에
키가 커진 민영시인
반짝이는 구두신고 행사에 나오시면
사모님 수발이 더 귀하게 돋보이네

색동옷을 위해 복건 쓰고
까치두루마기에 상모띠 두른
어린 시절이 있었는지 몰라

할머니 묻고 피난 온 길
다시 돌아가 그 자리 못 찾고 울었다던
그 눈물 어느 옷자락에 얼룩졌나 몰라

학동 때 말뚝댕기에 굴레 쓰고
책보 맨 아이는 학교엔 잘 갔는지 몰라
초등학교 중퇴라는 시집 이력에
철원의 대포소리는 아직 들리는데

짚신 신고 나물 캐고
엉겅퀴 어린 풀 무쳐먹던 그 시절 사라지고

휴전선 그 땅에 독풀처럼 커버린
시퍼런 엉겅퀴만 보셨는지 몰라

회화나무

무궁화공원에서
목을 쑤욱 내밀고
청와대를 바라보고 있는
450년 된 키 큰 회화나무

땅속 깊이에 뿌리를 내리고
물을 끌어올려
높고 우아한 가지에
쉬지 않고 이파리를 매달고
푸른 제 눈을 닦고 있다

조선의 왕과 대한민국의 대통령을
수없이 길러낸 역사가 있기에
더욱 머리 조아리는 그 나무

경복궁으로 걸어갈 때마다
창의문 길이 끝나는 자리쯤에서
우리도 반갑게 손을 흔들고 있다.

화전 花煎

사월에 북한산 걷노라면
허공에 떠있는 연분홍 꽃들이
그 맑고 고운 진달래가
나를 반기네

어디선가 들려오는
휘파람새소리
봄길에 나를 부르는 소리인가
설레는 마음으로 뒤돌아보네

혜화동 보헤미안 커피점에서
진달래 화전을 받고 기뻐하던
노 시인들은 이승을 떠나가고
연분홍 진달래에
옛 그리움만 파르라니 젖어오네.

연천, 평화의 길에서

임진강과 한탄강이 흐르는
비무장지대 분단의 현장에서
처음 만난 드넓은 초록 벌판에
태초의 꽃이 만발했다

오랜 세월 비무장지대에서
눈물과 핏물과 원한을 녹이고
DMZ 비무장지대에서
위험지대를 풀어내고
고려와 삼국의 역사가 숨쉬는
평화의 지대로 만들었다

치열한 전투 속에 수없이 숨진 자들이여
옷깃을 여미고 그대 영혼에 머리 숙이노니
이제 훨훨 날아서 천국에서 영생하기를

과거와 현재가 남북을 넘나드는
저 새들과 벌 나비처럼
푸른 들판 평화로운 강물 흐르는 심장마다
우리의 소망으로 빛나고 있구나

창의문 길을 걷는 날은

조선 역사의 사연을 풀어내며
푸른 하늘 따라 걷는다
언제나 이곳은 바람이 분다

영창대군과 그 외할아버지를 죽이고
인목대비를 유폐한 패륜행위도
세검정 지나 부암동 고개를 넘어
인조반정에 성공한 발자취도
북악산을 돌아나간다

내게 붙은 그림자가 날린다
광해군은 광화도로 귀양을 가고
오늘, 이 바람은 어디서 불어올까

시원한 바람이 되어
여기 내 몸에 닿는 것일까

광화문 광장

탁 트인 광장은
세종대왕과 이순신 장군의 혼이 살아있다
추위에 오무라든 몸과 마음의 주름이
여기에서 사르르 펴지고
겨우내 갇혔던 작은 소망은
풍선으로 부풀려 푸른 바람에 날린다

거리에 피어나는 봄꽃들아
청년들의 씩씩한 생각들아
높이 더 멀리 날아라
코로나 19로 멀어진 너와 나의 거리가
이제 어둠에서 벗어나니
저 햇살은 어찌 이리도 눈이 부신가

걷는 젊음도 돌계단에 쉬는 사람도
우리 민족 역사의 후예들이다
자 보아라, 여기 이 넓은 터에는
전국 각지에서 흰옷 입은 조상들이
걸어서 찾아오던 발자취가 있다
잊을 수 없는 깃발과 만세 소리가 있다.

삼청동 거리

경복궁 지나 카페거리
청춘들의 길 따라가면
옷 벗은 겨울나무가 손을 내밀고 있다

애잔함과 쓸쓸함이 깃든 날에
사랑이야기가 새겨진 삼청동 길에 들면
석양 따라 가로등이 불을 켜고
희망의 숨결은 내 것 인양 다가온다

오래된 전통의 한옥아래
북촌의 상점들은 단아하고 아름다워
호기심으로 들여다보며
감동이 묻어나는 그대를 찾는다

그리움이 안개처럼 감도는 밤길에
오래 남기를 바라는 간판처럼
오래된 친구의 이름 하나 떠올려놓고
먼 별빛만 헤아려본다.

세월

너를 잡을 수 없다
땅 속에 봄을 심어놓고도
회오리치는 바람과
흙먼지에 실려서 가버렸다

프리뮬라가 다정히 앉은
꽃집 앞을 지나는 데
웃음소리만 남기고
너는 꽃처럼 가버렸다

네 뒷모습이 싫어
떠나는 계절도 싫어
오는 열차가 휙 지나가고
희망의 속삭임도 들리지 않는다

모퉁이를 지나고
또 어느 몇 길목을 더 지나는 동안
너도 문득 소슬바람이 되어
잠시 그리움으로 흔들리고 있었다.

그리움은 섬이 되고

다가갈 수 없어서
그리움의 섬아
영산강물이 흘러드는 서남해에서
바이올린처럼 가슴을 열면
속삭이는 바다
해풍은 반가이 손을 내민다

함께 떠돌던 유럽의 여름처럼
유달산 은하수 휴게소에서
밤새 예향에 취해
별처럼 떠오르고 있는가

아름다운 대반동 해변
보헤미안 거리에서
뒤돌아서면
그대 짙은 눈빛으로 길을 막는
푸르고 푸른 목포여

머물 수 없어서
그리운 섬아
이별이 슬퍼서

손을 흔들면
그대는 가을의 눈빛 되어
가슴속으로 젖어드는구나

여름, 꿈이 지다

아열대 기후로 바뀌고
장마가 이어지다 잠깐 멈춘 때에
계단을 오르기 힘든
화초들도 숨을 참는다

아 어느 곳에서는
바람 없는 폭염의 지붕 아래
습기를 몰아오는 한증막에는
옥탑방의 오래된 의자가 녹으리

한 뼘 넘게 자란 시인의 영혼도
희망을 펼치는 골쇄보의 넋도
두 개의 꽃을 내미는 기린선인장의 열정도
모두 눈을 감는 때에

지구가 몸부림치고
숲이 흐느낄 때
그곳을 빠져나간 그대 여름밤의 꿈이
어느 행성으로 달려가고 있구나

망우리

운무가 펼쳐진 수풀에서
나는 순식간에 일어난 기적을 보았다
가을 안개가 풀끝마다 이슬을 맺고
초록 숲과 나의 머리카락까지
작은 방울들이 하늘과 땅 사이로
은빛 나라를 꾸며 놓았다

칼끝마다 가시를 세운 풀들과
지상의 시름 같은 덤불을 덮으며
이슬방울을 뿌리는 백로 무렵
하이얀 레이스를 펼친 웨딩 무대에서
숨겨진 잿빛 거미줄마다
영롱한 옥구슬이 빛난다

그리움의 가시거리에서
총총 이슬 맺힌 푸나무를 헤치면
그대, 은구슬 나라에 우뚝 서 있는가
아, 고요히 눈을 감으면
천상의 그 찬란한 세계가
내게 빛을 발하고 있다.

눈물을 닦아주는 손수건

희망의 종각역을 찾아서
광화문 광장에 안착하면
수많은 깃발 사이에
작가회의 깃발이 펄럭이고 있었습니다

행군의 대열 속에서
모자를 눌러쓴 강민 시인의 모습은
플래카드에 걸린 구호처럼
언제나 눈물을 닦아주는 손수건이셨습니다

수많은 촛불집회마다
한국현대사의 질곡桎梏을 넘고 넘어
행동하는 양심에 앞장서서
선생님은 후배들을 이끌어주셨습니다

양평 동오리에
목련도 포도나무도 남겨두고
먼저 떠나신 소설가 아내를 그리워하며
커피향이 감도는 빈자리에 앉아서
선생님은 쓸쓸하고 외로운 삶을 이겨 내셨습니다

호스피스 병동
이승의 마지막 자리에서
맑은 정신으로 우리에게 남겨주신
통일 정신과 민족 사랑을 이어 받사오니
천국에서 영생복락 누리시길 기원합니다

내 영혼의 둥지

긴 세월 내 슬픔은
바다에서 시작 되었다
잃어버린 사랑 한 줄기
수평선으로 남아 있어
풀지 못한 그 원한은
아직도 신문고를 두드린다

부패 세력이
한국사도 해양기록사도 지워버렸다
100여명의 사상자를 안치한 수상경찰서
누가 초춘호初春號를 모른다고 하는가
탄식의 모래밭에 새긴 이름들
분노의 불꽃이 꺼질 줄 모른다

바다는 살아 있다
잃어버린 내 영혼의 둥지에서
깊은 상처와 뼈아픈 고난이
은빛 꿈 조각으로 부서지고
세상을 향해 소리치는 파도는
오늘도 하늘에 가 닿는다

초춘호(初春號)의 시간들

맹문재
(문학평론가·안양대 교수)

1.

조정애 시인은 초춘호(初春號) 침몰 사고라는 역사적인 시간을 현재의 시간과 연결하는 시 세계를 추구하고 있다. 시는 음악과 마찬가지로 본질적으로 시간 속에서 일어나는 행동을 주로 다룬다. 따라서 그림, 조각, 건축 등은 본질적으로 공간예술에 속하는 주제를 나타내는데 비해, 시는 조정애의 작품들에서 볼 수 있듯이 시간예술에 존재하는 주제를 추구한다.

조정애 시인의 시 세계를 이해하는 데는 윌리엄 제임스(William James)가 제시한 대뇌반구(大腦半球)의 환상선(loop-line)을 참고할 수 있다. 시가 일반적 혹은 보편적 능력을 획득하게 되는 것은 바로 먼 기억과 생각의 환상선을 통해서이기 때문이다. 곧 이성적인 삶이 감각적인 삶으로 편입되면서 신경의 보고가 일관성 있고 보편적이며 인간적인 의미를 지닌 사상과 사고로 변형되는 것이다. 이미지스트들이 입증하듯 환상선을 활용하지 않고도 특정한 유형의 시를 쓰는 것은 가능하지만, 그것은 시각, 청각 또는 촉각 이미지의 보고일 뿐이다. 이미지스트들은 기억이라는 낡은 문을 닫음으로써 감각 경험의 새로운 문들을 열어주는 놀라운 솜씨를 발휘했지만, 근본적인 결함은 보편적인 사상이 결핍된 것이다. 윌리엄 제임스는 현재의 감각적 충동으로부터 행동하는 저급한 신경중추만이 아니라 숙고를 통해 행동하는 인간 두뇌의 반구들을 재현하기 위해 활용했다. 숙고는 과거의 경험으로부터 구성된 이미지들이며, 느끼고 목격한 바 있는 것들을 재생산하는 것이다.[1]

또한 윌리엄 워즈워스(William Wordsworth)가 진정한 시인들은 비전과 신성한 능력을 지니고 시를 완성한다고 말했다. 워즈워스가 제시한 비전은 시인이 느끼는 온갖 종류의 감각과 인상들을 의미한다. 괴테의 말처럼 외부 세계와 내부 세계, 그리고 다른 모든 세계에 대한 그의 경험이 해당한다. 비전과 어우러지는 신성한 능력은 감각과 인상들이 성찰, 비교, 기억, 즉 고요함 속에 회상된 정서의 지배를 받게 됨에 따라 독특한 생명력과 힘을 지닌 단어들로 신비롭게 변화되는 것을 의미한다. 그리고 시의 완성은 시인이 보고 느끼고 자신의 상상력을 통하여 변형시킨, 리듬감 있게 고동치는 언어들이다.[2] 워즈워스가 진정한 시인들의 특성을 제시한 이와 같은 견해는 조정애 시인의 시 세계를 이해하는 데 길잡이가 된다.

---

1 블리스 페리, 맹문재·여국현 옮김, 『시론』, 푸른사상, 2019, 50~52쪽.
2 위의 책, 47~48쪽.

2.

일본집 다다미방은

언제나 풀냄새가 났다

커다란 유리창에는

성탄절 카드로 성에가 끼고

푸른 창으로 쏟아지는 햇살 아래

군부대의 나팔 소리가 들렸다

바다로 떠난 아버지는

보름달 속에서

영영 돌아오지 못하고

영하의 바닷바람에

손발이 쩍쩍 갈라졌다

사과 궤짝에 켜놓은 촛불이

몇 개 닳을 때까지

군용담요를 두르고 공부를 했다

미래의 불안 속에서

영양실조로 쓰러지면서도

일등을 지켜낸 나에게는

유리구슬처럼 푸른 바다와

눈부신 태양과 거센 파도와

갈매기들이 늘 함께 있었다

                    —「흑백사진」전문

위의 작품 화자는 대뇌반구의 환상선을 통해 어린 시절의 상황을 떠올리고 있다. 화자는 자신이 살고 있던 "일본집 다다미방은/언제나 풀냄새가 났"으며, "커다란 유리창에는/성탄절 카드로 성에가" 낀 것을 기억한다. 그리고 집 밖에서는 "푸른 창으로 쏟아지는 햇살 아래/군부대의 나팔 소리가 들렸"던 것도 회상한다. 집에서 사람 냄새 대신 풀냄새가 나고, 유리창에 성탄 카드 대신 성에가 낀 것으로 보면 집안의 형편이 따뜻하거나 풍족했다고 보기 어렵다. 군부대에서 부는 나팔 소리가 집안으로 들려오는 상황도 마찬가지이다.

집안의 형편이 어려운 근본적인 원인은 "바다로 떠난 아버지는/보름달 속에서/영영 돌아오지 못하"기 때문이다. 아버지가 무슨 연유로 집에 귀가하지 못하는지 작품에 제시되지 않고 있지만, 영영 돌아오지 못하는 운명이기에 화자의 삶에 큰 영향을 끼치고 있다. 유교적 가부장제 시대에 아버지는 단순한 존재가 아니라 한 집안의 가장이기에 그러한 것이다. 그렇기에 화자의 삶은 "영하의 바닷바람에/손발이 쩍쩍 갈라졌"을 정도로 어려웠다.

화자는 그 열악한 환경에 함몰되지 않았다. "사과 궤짝에 켜놓은 촛불이/몇 개 닳을 때까지/군용담요를 두르고 공부를 했"고, "미래의 불안 속에서/영양실조로 쓰러지면서도/일등을 지켜"내었다. 생존 자체가 위협받는 상황에 맞서 공부했기에 화자는 어려운 삶을 극복했을 것으로 유추된다.

그렇지만 화자는 아버지의 부재로 말미암은 허전한 마음을 채우지 못했다. 아버지는 영원히 집으로 돌아올 수 없는 존재이기에 그것은 불가능한 일이었다. 아무리 흐르는 시간에 몸과 마음을 싣고 기다려도 마찬가지였다. 그리하여 화자의 마음속에는 아버지 대신 "유리구슬처럼 푸른 바다와/눈부신 태양과 거센 파도와/갈매기들이 늘 함께 있었다".

새해를 맞는 날에
아버지라는 말에 어김없이 흔들린다
육신의 아버지를
천상을 향해 추도하는 날에는
그리운 아버지 생각에
늘 마음이 착 가라앉았다

달려도 보이지 않은 길을 달리면서
나를 칭칭 휘감는 그 길에서
나는 길을 잃고 헤맸다

해마다 마음속에는
흉터처럼 나이테가 늘어갔다

—「서글픈 나이테」부분

위의 작품 화자는 "새해를 맞는 날에/아버지라는 말에 어김없이 흔들린다"고 고백한다. "육신의 아버지를/천상을 향해 추도하는 날에는/그리운 아버지 생각에/늘 마음이 착 가라앉"은 것이다. 화자는 "달려도 보이지 않은 길을 달"렸지만, 길에 칭칭 휘감길 뿐 길을 잃고 헤맸다. 그리하여 "해마다 마음속에는/흉터처럼 나이테가 늘어"났다. 아버지를 향한 화자의 그리움이 얼마나 오래된 것이고 절실한 것인지 알 수 있다.

화자가 아버지를 그리워하는 것은 사랑하는 마음이 크기 때문이지만, 흉터 같은 나이테가 늘어간다고 한 데서 볼 수 있듯이 사랑하는 것 이상의 연유가 있기 때문이다. 다시 말해 화자는 아버지의 죽음을 유한한 존재인 인간이 겪어야 하는 보편적인 운명으로 받아들이지 못한다. 그렇기에 아버지가 한 인간으로서 주체적인 삶을 영위하다가 생을 마치지 못한 사실을 안타까워하며 천상을 향해 추도하는 것이다.

> 거기에 아직 젊은 아버지가 있고
> 아이는 더 자라지 않았다
> 억울하게 돌아가신 아버지를
> 때로는 큰 소리로 불러 보고 싶은 밤이다
>
> ―「큰 소리로 불러봐」 부분

위의 작품에서 화자는 아버지가 "억울하게 돌아가"셨다고 분명하게 밝히고 있다. 그것도 "젊은 아버지"의 시간에 일어난 일이었다. 따라서 화자는 아버지를 "때로는 큰 소리로 불러 보고 싶"어한다. 이와 같은 화자의 고백은 아버지의 죽음이 어떠한 연유에서 일어났는지 궁금하게 한다. 화자는 그것을 한꺼번에 다 말할 수 없었다. 그렇게 하고 싶지도 않았다. 그것은 한 개인으로서 감당할 수 없는 엄청난 사건이었기 때문이다. 그리하여 "내 아픈 상처가 멍든 바다여서/차마 웃으며 돌아갈 수 없구나"(「바닷가의 그 집」)라고 토로하면서 아버지의 죽음을 연작시 형식으로 밝혔다.[3]

---

3 그동안 조정애 시인이 발표한 초춘호 관련 시들을 다음과 같다. (1)「초춘호 여객선」, 『슬픔에도 언니가 있다』, 시선사, 2019, 32~33쪽. (2)「초춘호 여객선 침몰 사건」, 『일출보다 큰 사랑』, 휴먼앤북스, 2022, 13~14쪽. (3)「그리운 아버지」, 위의 시집, 128~129쪽. (4)「화산석 15」, 『화산석』, 휴먼앤북스, 2022, 30~31쪽. (5)「설맞이」, 위의 시집, 63~64쪽. (6)「내 어릴 적 친구 'SINGER'」, 위의 시집, 65~65쪽.

3.

긴 세월 내 슬픔은

바다에서 시작되었다

잃어버린 사랑 한 줄기

수평선으로 남아 있어

풀지 못한 그 원한은

아직도 신문고를 두드린다

부패 세력이

한국사도 해양 기록사도 지워버렸다

100여 명의 사상자를 안치한 수상경찰서

누가 초춘호初春號를 모른다고 하는가

탄식의 모래밭에 새긴 이름들

분노의 불꽃이 꺼질 줄 모른다

바다는 살아 있다

잃어버린 내 영혼의 둥지에서

깊은 상처와 뼈아픈 고난이

은빛 꿈 조각으로 부서지고

세상을 향해 소리치는 파도는

오늘도 하늘에 가 닿는다

— 「내 영혼의 둥지」 전문

위의 작품에서 화자는 아버지를 직접적으로 이야기하지 않고 있지만, 정황상으로 보면 관련이 있는 것이 분명하다. 화자는 "긴 세월 내 슬픔은/바다에서 시작되었다"고 밝히고 있다. 그리하여 "잃어버린 사랑 한 줄기/수평선으로 남아 있"을 뿐이어서 "풀지 못한 그 원한은/아직도 신문고를 두드린다".

화자가 신문고를 두드리는 이유는 "부패 세력이/한국사도 해양 기록사도" 아버지도 지워버렸기 때문이다. 다시 말해 "100여 명의 사상자를 안치한 수상경찰서"에서 "초춘호(初春號)를 모른다고" 한 것이다. 그렇기에 화자는 "탄식의 모래밭에 새긴 이름들/분노의 불꽃이 꺼질 줄 모른다"라고 여기고 신문고를 울리려고 나섰다.

화자는 자신의 결단이 헛되지 않을 것을 기대한다. 자신을 믿고, 자신과 함께 살아가는 사람들을 믿는다. 또한 "바다는 살아 있다"고 하듯이 자연을 믿는다. 자연의 질서는 엄정할 뿐만 아니라 그 힘은 인간의 술수나 전략을 넘어선다. 그러므로 화자는 "잃어버린 내 영혼의 둥지에서/깊은 상처와 뼈아픈 고난이/은빛 꿈 조각으로 부서"진다고 할지라도 바다에 희망을 품는다. "세상을 향해 소리치는 파도"가 "오늘도 하늘에 가 닿는" 모습에 함께하는 것이다.

초춘호 여객선 침몰 사고는

1950년 12월 16일 아침

화물과 정원 초과로 배에 물이 들자

부산 송도 앞바다에서 급히 회항 중

출발 15분 만에 일어난 대참사다

영도다리 끝 수상경찰서에

백 명이 넘는 시체들을 안치했다

그러나 해양 기록이나 역사 기록에 없다

네 살에 아버지를 잃은 후

슬픔의 옷을 입고 자란 나는 시인이 되었다

그리고 초춘호를 찾아 한없이 헤맸다

마침내 부산일보 동아일보에서

침몰 사고 기록을 찾았다

나는 신문에 실린 사망자 명단에

마흔 살의 아버지 이름과

집 주소를 보며 처음으로 오열했다

일본 게이오대학 영문과를 나오고

임시정부에 참여하기 위해 만주로 갔다가

일경에 체포되어 돌아온 아버지

6사단 사령부 통역책임자로 일하던 아버지

수많은 귀한 동포들에게 집을 나누어 주고

6·25 피난민들을 돕기 위해 애쓴 아버지

고향의 젊은이들을 돕고

어려운 이들을 위해 늘 바쁜 아버지

창녕 조씨 화수회와 사천 향우회를 창립한 아버지

대동상선은 부산 여수를 오가는 선박회사다

통영이 본사인 초춘호 선주 조씨는

1953년 1월 11일 다대포 앞바다에서 360명의 사상자를 낸

창경호 침몰 사건과 같은 선박회사의 선주다

두 번의 대참사가 같은 선박회사에서 일어날 수 있었던 것은

대동상선 부산지사장은 이승만 대통령의 가장 신임받은

K 교통부 장관의 아들이었음을

2006년 진실·화해를위한과거사정리위원회에서 밝혀냈다

이제 역사에 감춰버린 초춘호의 이름이 세상에 밝혀지고

억울하게 돌아가신 내 아버지와 사망자들의 영령이

명예를 되찾고 위로를 받는 날이 오기를

하나님께 기도하고 있다.

—「초춘호 여객선」 전문[4]

위의 작품은 "초춘호 여객선 침몰 사고"를 비교적 정연하게 정리했다. 소개한 바에 따르면 초춘호 침몰 사고는 "1950년 12월 16일 아침/화물과 정원 초과로 배에 물이 들자/부산 송도 앞바다에서 급히 회항 중/출발 15분 만에 일어난 대참사"였다. 사고가 난 뒤 "영도다리 끝 수상경찰서에/백 명이 넘는 시체들을 안치했다". 그렇지만 초춘호 침몰 사고에 대해서는 "해양 기록이나 역사 기록에 없다". 한국전쟁 동안에 일어난 사고여서 국민의 관심을 받지 못할 수 있었지만, 해양사나 역사 기록에 없다는 것은 큰 문제이다. 단순히 실수에 의해서가 아니라 누군가에 의해 의도적으로 삭제된 것으로 볼 수 있는 것이다.

화자는 그 사고로 "네 살에 아버지를 잃은 후/슬픔의 옷을 입고 자"라나 "시인이 되었다"고 밝힌다. 또한 "초춘호를 찾아 한없이 헤"매다가 "마침내 부산일보 동아일보에서/침몰 사고 기록을 찾았"는데, 그 "신문에 실린 사망자 명단에/마흔 살의 아버지 이름과/집 주소를 보며 처음으로 오열했다"고 고백한다. 수많은 세월 동안 찾아 헤매다

---

4 조정애, 「슬픔에도 언니가 있다」, 시선사, 2019, 32쪽.

가 아버지의 사망을 확인한 순간, 그 충격과 슬픔은 이루 말할 수 없는 것이었다. 화자는 시인이었기에 그 슬픔에 좌절하지 않았다. 오히려 참사에 대한 진실 규명을 인간 가치를 추구하는 차원에서 부단하게 요구했다.

화자는 시인으로서 아버지의 이름을 깊게 불렀다. 아버지는 "일본 게이오대학 영문과를 나오고/임시정부에 참여하기 위해 만주로 갔다가/일경에 체포되어 돌아"왔다. "6사단 사령부 통역책임자로 일"했고, "수많은 귀환 동포들에게 집을 나누어 주"었으며, "6·25 피난민들을 돕기 위해 애"쓰기도 했다. 또한 "고향의 젊은이들을 돕고/어려운 이들을 위"하느라고 늘 바빴고, "창녕 조씨 화수회와 사천 향우회를 창립"했다. 화자는 아버지를 혈육 관계를 넘어 역사적인 존재로 인식한 것이다.

화자는 아버지를 희생시킨 인물들과 그들을 둘러싼 사회적 배경에 대해서도 찾아냈다. 아버지를 숨지게 한 "대동상선은 부산 여수를 오가는 선박회사"였고, "통영이 본사인 초춘호 선주 조씨는/1953년 1월 11일 다대포 앞바다에서 360명의 사상자를 낸/창경호 침몰 사건과 같은 선박회사의 선주"였다. 그리고 "두 번의 대참사가 같은 선박회사에서 일어날 수 있었던 것은/대동상선 부산지사장은 이승만 대통령의 가장 신임받은/K 교통부 장관의 아들이었음을/2006년 진실·화해를위한과거사정리위원회에서 밝혀"낸 것도 알아냈다.

화자의 진실 규명은 여기에서 그치지 않는다. "이제 역사에 감춰버린 초춘호의 이름이 세상에 밝혀지고/억울하게 돌아가신 내 아버지와 사망자들의 영령이/명예를 되찾고 위로를 받는 날이 오기를/하나님께 기도"한다. 초춘호의 참사가 모순된 사회 계급에서 발생되었음을 세상에 알리고, 아버지와 같은 억울한 사람들의 명예를 되찾도록

힘쓰겠다는 것이다. 화자가 아버지들까지 품겠다는 의식은 궁극적
으로 인간 가치를 추구하는 것이기에 소중하다. 화자는 그 일을 위해
하나님께 기도한다. 종교적인 자세보다는 한계가 많은 인간으로서
최선을 다하겠다는 약속을 신에게 전하는 모습으로 볼 수 있다. 화자
는 그와 같은 자세로 다른 참사들을 끌어안는다.

　　꽃의 노래는 끝나지 않았는데
　　차디찬 바닷물 속으로 수장된
　　세월호, 그 수많은 아이들 애절한 목소리가
　　가슴속에 남아 있는데

　　또다시 이태원 골목길에서
　　차가운 시멘트 바닥에 쓰러진 채
　　울부짖는 비명소리가
　　검은 리본 속 흰 국화꽃에 묻히다니

　　두고 온 꿈도 사랑도
　　꽃잎에 새겨진 채 흩날리는 날
　　어이할거나 저 통곡의 소리여
　　억울하게 무참히 져버린 생명이여

　　바람 부는 강변길
　　떨어진 꽃잎 자리에
　　아, 초춘호初春號 침몰 사고로 숨진 내 아버지
　　70년 역사에 숨겨버린 참절비절慘絶悲絶한 사연이

네 살배기 눈물에 살아나

─「꽃의 노래는 끝나지 않았다」부분

위의 작품 화자는 "꽃의 노래는 끝나지 않았는데/차디찬 바닷물 속으로 수장된/세월호, 그 수많은 아이들 애절한 목소리가/가슴속에 남아 있는" 것을 듣는다. 주지하다시피 세월호 참사는 2014년 4월 16일 인천에서 제주도로 향하던 세월호가 전남 진도군 앞바다에서 전복된 사고로 안산 단원고 학생들을 포함해 304명의 승객이 사망했다. 구조 과정에서 "가만히 있으라"고 방송했던 선원들이 승객들을 버리고 먼저 탈출한 비윤리적인 행동에 국민은 분노했다. 2017년 4월 11일 세월호가 인양되었지만, 참사의 원인이 제대로 규명되지 않고 있어 국민의 좌절과 분개는 여전하다.

세월호 참사와 같은 사고가 "또다시 이태원 골목길에서" 일어났다. "차가운 시멘트 바닥에 쓰러진 채/울부짖는 비명소리가/검은 리본 속 흰 국화꽃에 묻"힌 것이다. 2022년 10월 29일 서울시 용산구 이태원에서 핼러윈을 앞두고 몰려든 사람들이 좁은 골목에서 밀려 넘어지면서 159명이나 사망했다. 세월호 참사의 아픔이 고스란히 남아 있었기에 이태원 참사는 더욱 충격을 주었다. 진상 규명과 책임자 처벌이 여전히 되지 않고 있어 국민의 절망과 분노는 가라앉지 않고 있다.

화자는 "초춘호(初春號) 침몰 사고로 숨진 내 아버지/70년 역사에 숨겨버린 참절비절(慘絶悲絶)한 사연이/네 살배기 눈물에 살아나"기에 세월호 참사와 이태원 참사에 더욱 가슴 아파한다. 그리하여 참사를 일으킨 사회적 구조의 모순을 밝히는 것은 물론 그 극복의 길에 나서는 것이다.

4.

화자는 "철골을 뽑았으니/너희 지은 죄가 부끄럽지 않느냐/무너져 내린 삼풍아파트를 잊었느냐"(「어처구니 없다」)라고 부실 공사를 한 사람들을 고발한다. 2023년 8월 24일 일본이 후쿠시마 원전 오염수를 방류하자 "방사능에 오염된 자들의 소식을 감추는 일은 언제까지 할 수 있을까"(「지구 바다 꿈」)라고 항의한다. 대한민국의 분단을 극복하기 위해 "오랜 세월 비무장지대에서/눈물과 핏물과 원한을 녹이"는 장소를 찾아가 치열한 전투 속에 숨진 분들에게 옷깃을 여미고 머리 숙여 "이제 훨훨 날아서 천국에서 영생하기를"(「연천, 그 평화의 길에서」) 기도한다.

기후재난에 대해서도 많이 우려하고 있다. "계속되는 기후변화와 지구온난화로/수천수만 개의 빙하가 사라질 위기에 있"(「빙하(氷河), 그 소멸에 대하여」)음을 직시하며, 그것으로 인해 바다의 수위가 상승하고 해안이 침식되어 "북극곰이나 야생동물의 생존이 위험에 처하고" "농업 위기를 맞게 되는" 미래를 걱정하는 것이다.

그러면서도 화자는 비판과 비관에 갇히지 않고 극복 방안과 희망을 제시하고 있다. 지구상에 전쟁이 계속되는 상황이지만, "지구의 고통과 한숨이/세상을 캄캄하게 덮어도/푸른 눈물같이 새어 나오는/저 낙타의 별빛은 막을 수 없으리라"(「반전(反戰)」)라고 전망한다. "한국전쟁 이후 현재까지/약 25만 명에 달하는 우리 아이들을/해외 입양을 보낸 70년 만에/전 세계 15개국 아티스트가 되어/예술 작품 80점으로/작품 전시를 위해 모국을 방문"(「마더랜드」)한 것을 크게 환영한다. 화자는 선하고 성실한 아버지 같은 사람들이 만들어가는 역사를 믿고 있는 것이다.

탁 트인 광장은

세종대왕과 이순신 장군의 혼이 살아 있다

추위에 오므라든 몸과 마음의 주름이

여기에서 사르르 펴지고

겨우내 갇혔던 작은 소망은

풍선으로 부풀려 푸른 바람에 날린다

거리에 피어나는 봄꽃들아

청년들의 씩씩한 생각들아

높이 더 멀리 날아라

코로나19로 멀어진 너와 나의 거리가

이제 어둠에서 벗어나니

저 햇살은 어찌 이리도 눈이 부신가

걷는 젊음도 돌계단에 쉬는 사람도

우리 민족 역사의 후예들이다

자 보아라, 여기 이 넓은 터에는

전국 각지에서 흰옷 입은 조상들이

걸어서 찾아오던 발자취가 있다

잊을 수 없는 깃발과 만세 소리가 있다

—「광화문 광장」전문

　광화문광장은 "세종대왕과 이순신 장군의 혼이 살아 있"을 정도로
역사적인 장소이다. 그곳에 서면 "추위에 오므라든 몸과 마음의 주름
이" "사르르 펴지고/겨우내 갇혔던 작은 소망은/풍선으로 부풀려 푸

른 바람에 날"리는 것을 느낀다.

화자가 그렇게 느끼는 데는 우선 "코로나19로 멀어진 너와 나의 거리가/이제 어둠에서 벗어"났기 때문이다. 그리하여 "저 햇살은 어찌 이리도 눈이 부신가"라고 느끼며, "거리에 피어나는 봄꽃들아/청년들의 씩씩한 생각들아/높이 더 멀리 날아라"라고 응원한다.

또한 화자는 광화문광장에서 "걷는 젊음도 돌계단에 쉬는 사람도/우리 민족 역사의 후예들이"라고 껴안는다. 그렇기에 "여기 이 넓은 터에는/전국 각지에서 흰옷 입은 조상들이/걸어서 찾아오던 발자취가 있"고, "잊을 수 없는 깃발과 만세 소리가 있다"라는 의식을 갖고 사람들과 연대한다. 광화문광장을 역사적인 장소로 인식하고, 역사적인 일들이 일어나기를 기대하며 동참하는 것이다.

실제로 광화문광장은 조선시대의 주요 관청이 모여 있던 육조(六曹)의 거리로 서울의 중심이었다. 일제강점기에 조선총독부 건물이 들어서는 바람에 터를 빼앗긴 적이 있었지만, 1996년 일제의 건물을 철거하고 광장으로 조성되어 시민들에게 개방되었다. 광화문광장은 절대 권력자를 위한 공간이 아니라 시민을 위한 장소이다. 대한민국은 유럽처럼 근대 도시가 형성되지 않았기 때문에 문화적인 역할을 담당하는 광장이 존재하지 않았다. 그 대신 시장이나 골목이 그 역할이 담당했다. 따라서 광화문광장은 시장이나 골목이 사라진 현대사회의 시민들이 다양한 용도로 사용할 수 있는 마당이 되어야 한다. 시민들의 쉼터로, 놀이공간으로, 다양한 이벤트의 장소로, 그리고 정치적 의견을 표명하는 장소로 쓰일 수 있어야 하는 것이다.

화자는 초춘호 침몰 사고로 말미암아 아버지를 잃었지만 그 슬픔에 함몰되지 않고, 광화문광장에서 아버지와 아버지들을 살려내려고 한다. 인류 평화의 길잡이로서 고행과 고난을 이겨내는 시인이 되고

자 한다. "사랑을 위해/가시로 길을 내는/저 붉은 장미 한 송이처럼/시는 영원한 구원의 빛"(「믿음의 유산」)이라고 노래하는 것이다.